W0405069

« Första natten mullrade det i husets mage. »

« La première nuit, ils entendirent gronder les entrailles de la maison. »

Cette publication a été cofinancée avec le soutien de la Commission européenne. Cette publication n'engage que son auteur et la Commission n'est pas responsable de l'usage qui pourrait être fait des informations qui y sont contenues.

Cofinancé par le programme Europe créative de l'Union européenne

Cette édition a été publiée avec le Conseil des Arts Suédois

SWEDISH ARTSCOUNCIL

Cette édition a été publiée avec le concours financier de la région Nouvelle-Aquitaine

Ouvrage initialement paru sous le titre *Anvisning att konservera naturalier*

© Maja Thrane 2019
© Agullo Éditions, 2022 pour la traduction française
www.agullo-editions.com

Conception graphique : Cyril Favory
Image de couverture : Vítězslav Maňák. Polyommatus icarus
Licence CC-BY-SA 3.0
Photographies intérieures : Elisabet Petersson
Illustration page 45 : *Jenny Haniver* tirée du *De aquatilibus* de Pierre Belon, 1553

ANNULÉ PAR LA
BIBLIOTHÈQUE

MAJA THRANE

PETIT TRAITÉ DE TAXIDERMIE

Traduit du suédois par
Marie-Hélène Archambeaud

BIBLIOTHÈQUE MUNICIPALE
MAISONS LAFFITTE

R
THR

Le lecteur curieux trouvera en fin d'ouvrage quelques notes de l'autrice et de la traductrice qui éclaireront certaines références et lui permettront d'enrichir sa lecture.

Le jour finira, Phébus dans la mer profonde plongera
ses chevaux haletants avant que j'aie pu dire tout
ce qui dans le monde a pris forme nouvelle.

OVIDE, *Métamorphoses*

SANS L'AVOIR ENCORE jamais vue, ils la reconnurent tout de suite. Oubliée, oublieuse, elle aurait pu rester ensevelie dans sa torpeur s'ils ne s'étaient égarés en forêt, s'ils n'avaient pas échoué sur ce chemin caillouteux qui ne menait nulle part ailleurs qu'ici. La maison avait sommeillé jusqu'au jour où, franchissant la crête, ils virent qu'ils lui appartenaient, réveillés la réveillèrent. Pas au point de l'appeler mère, mais elle devint leur maison.

Sur la route, ils manquèrent de renverser un chevreuil. Virent son dos velu disparaître dans la forêt telle une pensée folle. Un épais silence régnait. Comme dans une forêt primaire de pins au garde-à-vous, dit Vera. En attente de devenir mâts sur un navire qui ne sera jamais construit, dit Björn. Une forêt à traverser à la course, pour échapper à quoi ?

La première nuit, ils entendirent gronder les entrailles de la maison. Virent le village se refléter dans les nuages et colorer le ciel d'un jaune cireux. Éclairant le ciel toute la nuit. Puis vint le jour, qui le consuma. La seconde nuit, les fenêtres sifflaient. Ils fermèrent les portes et tirèrent les rideaux. Le ciel était complètement clair. La troisième nuit, des pas résonnèrent dans l'escalier. Ils cherchaient quelque chose. Savaient si bien ce que c'était qu'ils auraient pu le dessiner dans leur sommeil, même si cela n'avait pas de nom, restant aussi vague qu'un rêve qu'on ne peut oublier ni se rappeler. Marchaient d'une pièce à l'autre, main dans la main. Vera fermait parfois les yeux. Ça va, disait Björn.

QUELQU'UN avait commencé à creuser. Déposa la pelle et dit : On doit avoir un endroit qui ne change pas. Enfonça des piquets pour le délimiter, puis il ne bougea plus. Il creusa et mourut là, parmi les tombes, plus nombreuses que les habitants. Ici ou là une maison fantôme, le reste n'est que terrain, terre et terrain. Aller à la rencontre de la maison. Se faire à ses recoins sombres. Se retirer pour s'abandonner au rêve. Vous allez vraiment vivre ici, demandaient les gens du pays, ou vous habitez ailleurs ?

Tout ce qui a pu se passer ou se penser dans la maison s'est glissé par les rainures du plancher pour former des couches brunes libérées par l'eau. Vera circulait d'une pièce à l'autre avec son balai à franges, la maison s'emplissait de relents de savon noir et de revenants. Calme-toi, disait Björn, tu l'effraies, la maison. Voici les noms des revenants : Sten Andersson, puis l'intendant, famille Oscarsson, Bengt et Berit Eriksson. Ils détachèrent les panneaux d'isorel posés par Bengt et Berit. Sous l'isorel, ils trouvèrent des lambris, ceux de la famille Oscarsson. Retirèrent les lambris. Des copeaux se déversèrent, ceux de l'intendant. Ils laissèrent déverser. Derrière les copeaux, le vide, qui datait de Sten Andersson.

Il avait été le premier. Vivait seul. Jusqu'à cet hiver 1840, son dernier. Il n'arrivait à rien, à cause de la neige. Un jour il prit une torche et s'imbiba de pétrole. On retrouva le corps carbonisé dans la même position recroquevillée que les cadavres de Pompéi, comme s'il avait essayé de se protéger d'un danger qui venait de tous côtés. La maison resta debout, intacte à l'exception d'une tache noire au plafond de la cuisine. L'agonie appartient au mourant mais la mort appartient aux vivants, c'est pourquoi on parle de Survivants.

LE TRAIN ÉTAIT un poumon, qui fit taire la vie à sa disparition. Mais si l'on vient d'ici, on a l'isolement en partage. On est sur ses gardes, pour avoir la paix, ou bien on vous a tellement fichu la paix qu'on est sur ses gardes.

Björn était rentré à la maison avec un livre de bord. Nous allons consigner tout ce que nous aurons vu ou entendu. Toutes les plantes, tous les bruits, tous les animaux. Pour commencer, je note chevreuil, blaireau, lynx, renard. Ils trouvèrent un plan du terrain dont ils disposaient, qui les contraignait par là même. Ils le mesurèrent au pas. Comptèrent huit pommiers et demi. Tous avaient porté des fruits sauf le plus petit. Les pommes gisaient en tas. Ils les rassemblèrent dans des paniers sur la terrasse. C'est alors qu'arrivèrent les souris. Elles étaient toutes petites et relevaient d'une espèce à ventre blanc dont les déjections sentaient particulièrement mauvais, *Apodemus sylvaticus*, identifia Björn. Ça fermentait sous les arbres. La nuit sévissait le sanglier, quand ils sortaient le matin le terrain sous les arbres était retourné. Des coups de feu retentissaient dans la forêt, les chevreuils bramaient de peur ou de désir. Qu'est-ce qui les attirait dans la chasse ? C'était Kjell le mécano qui tirait, il avait l'œil. Ils l'ingéraient. Le sanglier vivait en eux. La maison tenait ferme, tellement figée qu'on aurait pu se demander si elle vivait. Ils étudièrent l'histoire de la région. Jusqu'à peu, apprirent-ils, on allait encore à l'église à la rame. Trois lacs étaient répertoriés sur la carte, maintenant réduits à des mares conservant un vague souvenir de l'époque glacière. Mais dans la forêt les moraines poussaient plus loin la mémoire ; en creusant en bas du champ là où le ruisseau souterrain faisait du brouillard, le paysan Bertil avait trouvé de l'eau saumâtre.

Vera ferma les yeux et vit bleu. Du bleu des rêves sortirent trois images. La première, un daguerréotype fané montrant un homme âgé, la barbe à deux pointes. C'était l'intendant.

La deuxième, un groupe de personnes sortant d'une baleine.

La troisième, une baleine sortant d'un bâtiment.

Vera entra dans le regard de l'intendant, loin dans l'image. Attention, souffla-t-elle, j'arrive.

L'AUTOMNE est le temps de la chute. Le temps du repos, sans reculer devant le souvenir des morts. Mais le savoir est une chose. Vera tenait la peur dans ses mains, craignait tout ce qu'elle ne pouvait pas voir, petit oiseau, dit Björn, si différente, la peur un animal secret dans son eau trouble. Comme il était douloureux de n'être jamais libéré de soi-même, combien de stratégies pour trouver un répit, avoir prise, tendre la main vers la réalité, saisir un mot bienveillant, un sourire, une étreinte —

Durée du jour 10 heures et 12 minutes, selon *L'Almanach des travaux agricoles*, grand temps pour vous de prendre menus vivres purgatifs. Né sous le signe du Scorpion, d'un commerce agréable aux gens, disposition favorable aux navigations maritimes et lacustres, ainsi que pour le négoce. Ils aménagèrent une nouvelle pièce. Björn la jugea grand style. Ce sera notre cabinet de lecture et notre fumoir. On y entassera nos bouquins. On va faire simple.

Jens vint installer le piège lumineux. À la nuit tombée, ils sortirent, Björn et lui, dans le noir avec un drap qu'ils agrafèrent au pistolet sur la façade de la maison. Quelques heures plus tard, ils rapportaient les bocaux pleins. Des phalènes, dit Björn. Jens dit qu'il fallait se procurer un détecteur de métaux. Le marécage d'en bas devait être un ancien chenal vers la mer. Regarde les sites anciens. Chaque colline porte la trace des ancêtres de quelqu'un. Chaque hauteur, un château, chaque mamelon, un tombeau. Mais qu'allons-nous laisser derrière nous, dit Vera, bouteilles et bassines en plastique, bottes en caoutchouc, prothèses dentaires, des choses pour lesquelles il n'y aura même plus de nom ? Le lendemain, Björn posa sur la table de la cuisine une bouteille de vin vide et du papier : on va écrire. Ils écrivirent : « Nous, Björn et Vera, avons vécu dans cette maison, où notre ami Jens a capturé puis relâché un bombyx disparate. » Sur quoi Björn arracha trois lattes du plancher. Quand ils eurent déposé leur message dans la bouteille, la bouteille dans le sol et cloué la dernière planche, Jens leur fit observer que le papier n'était pas sans acide. Dès qu'ils ouvriront la bouteille, ce sera comme la fresque dans *Fellini Roma*. Ils verront le papier se désagréger sous leurs yeux avant même d'avoir pu le lire. Mais ils sauront que nous avons essayé, dit Vera. Tout près d'Athènes on venait de trouver les restes de quatre-vingts hommes enchaînés après la conspiration de Cylon, sur le chantier d'un stade, à un jet de pierres de notre époque contemporaine, et tout ce qu'ils avaient laissé derrière eux, c'étaient des crânes fracassés, une histoire qu'ils n'avaient pas choisi de raconter comme ça, et Vera pensa à Mona et Asta, comment elles étaient restées tout un printemps à boire café après café autour de l'appareil à cassette, car Asta devait *témoigner*. Et un jour Asta avait enregistré par-dessus les bandes l'une après l'autre. Non qu'elle ait renoncé à raconter son histoire. C'était juste qu'elle ne voulait pas raconter celle-là, ou pas encore, et qui pourrait la blâmer ?

L'orage frappa la maison, Bertil dit : l'année sera pas facile. Ils brûlèrent des feuilles mortes. Björn veillait à ce que rien ne prenne feu inopportunément. Vera nota : tondeuse encore en panne. Björn répare. Björn considéra que Vera devait se montrer plus attentive aux choses de la nature. Tu vois ce *Polyommatus icarus*, l'Argus bleu. À l'état de chenille, il se nourrit de trèfle rouge, de trèfle cornu parfois. Il éclot au bout d'une semaine, au bout d'un mois, c'est une chrysalide, et deux semaines après, une fois sa mue terminée, un imago. Il vit quelques semaines, s'il ne se fait pas dévorer entre-temps, disons par une grive.

Le papillon bleu reposait tout rigide dans son bocal en verre. Même les insectes sont atteints de *rigor mortis*, on doit les ramollir, en les humidifiant, avant de commencer à les tendre et les déplier. Vera se demandait si l'on pouvait ainsi ramollir de grands cadavres. Björn pensait que non. Il est à toi maintenant que tu l'as tué ? Nous ne possédons rien, mais nous pouvons le nommer. La fumée se rabattait à terre, de gros bourrelets se formaient sur les bougies, annonçant la tempête, ils avaient dit vingt-cinq mètres par seconde à la météo, le ciel se contractait comme une gigantesque Flottille bleue. Ils débranchèrent les prises et verrouillèrent les portes. La nuit tomba, la Flottille se déchaîna. Le lendemain, le jardin était jonché de débris et d'animaux morts, le toit de la grange s'était à moitié envolé, on eut toutes les peines à le réparer.

BERTIL DIT : Les vaches sont à Lennart. Mais c'est le terrain de Lena. Il fait paître ses vaches sur son terrain, en échange de quoi il déblaie la neige devant chez elle. Il s'occupe aussi de la route, les fermiers la libèrent pour le rallye. Le club auto lui donne une somme rondelette, dont il verse une partie à Börje qui répare la mécanique et manie le fusil mieux que personne. Quand Börje a tiré un sanglier, il offre les meilleurs morceaux à Lennart. Les autres parts sont pour Lena, qui les fait cuire et les congèle, puis elle en donne la moitié à Johnny, qui dirige le club auto. La Lena, elle est parfois en petite tenue quand Börje passe chez elle. Mais elle y gagne rien, c'est déjà bien, le sanglier. Bertil parlait par à-coups, entre deux silences placides, tandis que la nuit cernait la maison, sa tasse à café bien serrée dans ses mains calleuses. Vera se demandait si des mains pareilles faisaient jamais quelque chose d'inconsidéré, s'il était possible de leur refuser quoi que ce soit. Elle vit un jour Bertil couper un bouleau à la tronçonneuse. La lame s'enfonça comme dans du beurre, en un clin d'œil l'arbre devint simple morceau de bois, comme ce doit être agréable d'être si résolu, voir l'arbre, attraper l'engin, abattre le tronc.

BJÖRN COURAIT. Il faisait la boucle de trois kilomètres, celle de cinq kilomètres et le tour du terrain. Il découvrait de nouveaux sentiers, de nouvelles espèces. Revenait à la maison avec des champignons informes, restait des heures assis dans la cuisine puis les certifiait. Ils mangeaient dans un silence recueilli. La morille est aussi sournoise qu'un fugu. Si elle pousse sur une souche pourrie, c'est une simple morille à chapeau, mais si on la ramasse par terre, c'est une « fausse morille » ou *Gyromitra ambigua*, pleine de gyromitrine qui attaque le foie et le système nerveux, causant un empoisonnement sévère à l'issue parfois mortelle. C'était bien une souche ? demanda Vera. Oui oui, dit Björn. Mange donc.

Vera rêva que quelqu'un la passait au rabot. Quand elle fut mise à blanc, il entra à l'intérieur. Elle voulait lui dire de quitter sa maison, mais elle ne pouvait pas, car la maison, c'était elle-même. Les jours s'écoulaient. Ils s'enfonçaient de plus en plus loin dans la maison. Qui tenait ferme, la forêt dans le dos au nord et les champs tout autour avec leurs eaux cachées.

Le 30 octobre Vera nota : temps doux. Björn débroussaille de plus belle. Des amis passent nous voir, Jens est reparti, Alma vient d'arriver. Pas de coup de fil. 1er novembre : tout ce que j'installe tombe en morceaux. Et si on vivait dans un éternel présent. Si on n'allait nulle part. Tout dépend comment on voit les choses, dit Alma, regarde Heisenberg. Pendant dix jours elle était restée assise en silence à observer l'impermanence du monde, *anicca, anicca, anicca*, laissant filer ses pensées comme un train à grande vitesse, ces dernières prenant racine dans la matière pour devenir sensations – la rancœur dans la poitrine, le chagrin dans le plexus solaire – mais l'enjeu, c'est de ne pas leur donner prise, disait-elle et Vera pensait à Egil dont la mémoire avait un beau jour lâché prise. Et certes Alma avait les traits plus lisses quand elles longeaient dans la pénombre la clairière et la maison bleue illuminée comme à la foire. Après ces longues journées de silence partagé, elle avait pourtant le sentiment que tout restait à faire, et Vera se demandait s'il n'y avait pas de quoi devenir fou à contempler l'inexorable décomposition de la matière.

DANS CERTAINES PIÈCES on cuisait, dans d'autres on gelait, il y avait un problème avec le chauffage. On fit venir un plombier qui joua du tournevis et demanda quelle pompe ils avaient, aucune idée. Le plombier escalada le placard pour atteindre la pompe, sur quoi il constata avec un accent triomphal que c'était un Vector D1560, modèle capricieux. L'homme grimpait partout dans la maison, un vrai lémur, Vera prépara le café, c'était toujours mieux que de ne rien faire. Björn épinglait des géotrupes du fumier. Vera se sentait bête, incapable de se détendre entre le plombier et Björn avec ses scarabées, absorbé en lui-même comme le Max Frisch de *Montauk*. Max Frisch, insouciant à Montauk, Long Island, par un beau mois de septembre, *Indian summer*, suivant de loin sur un sentier escarpé une Jill ou Jess qu'il aperçoit par intermittence à travers les fourrés ; la plage et les heures qui s'écoulent, un enfant qui passe devant eux en courant, quelqu'un qui crie « Bryan, Bryan », d'une voix de plus en plus inquiète —

Ça, tu l'as inventé, dit Björn. On puise dans les profondeurs de sa mémoire et on affabule. Il vit en toi maintenant, ce Max Frisch. Et n'en sortira pas. Dehors on passait du jaune à l'orange, au rouge foncé. Quand tombe son anniversaire, il n'y a plus de feuilles aux arbres, le vague à l'âme qui naît de là. Elle essayait parfois de regarder la vie par le côté pour mieux la voir, mais alors elle ne la sentait plus. Elle aspirait à quelque chose, certains jours cette aspiration devenait un état, il faut se méfier de ce que l'on souhaite, etc.

LES TROIS PHOTOS – l'intendant, les gens dans la baleine, la baleine sortant de la maison – triptyque d'une tentative, d'un honnête effort. L'intendant, à l'automne de sa vie, assis à sa table de travail, devant un iceberg de papier, une noix séchée et un crâne béant, *mortui vivos docent*. La barbe comme deux défenses. Penché sur la paperasse, attachant maintenant la barbe derrière la nuque, trempant sa plume dans le pot d'encre. La pièce s'élargit. Une tête tsantza ouvre grand les yeux : apprenaient-ils quelque chose, les Indiens Jivaros, quand ils tuaient leurs ennemis et réduisaient leur crâne à la taille d'une orange ? Pas le crâne, marmonne l'intendant, on les scalpait.

On n'est pas mal, disait Max Frisch, quand on ne pense à rien, quand l'écume de mer venant mousser sur le sable ne vous rappelle personne.

Car la mémoire se meut librement dans l'eau. Qui n'est pas resté debout sur une plage à penser à une autre plage ? Dans la maison du cap, oncle Egil prenait Vera par la main et l'amenait au bord de la mer, ils se penchaient sur la rambarde, elle n'avait pas peur de lui dans ces moments-là. Ils mangeaient chacun son cornet de glace tout en regardant les méduses qui flottaient dans l'eau. Alors Egil laissait tomber une pièce de monnaie qui passait à travers la méduse, disait-il ; tu vois, elle ne laisse aucune trace. Quelques années plus tard, il ne resta plus trace de rien dans la mémoire d'Egil, sauf une colère muette dont on parlait à mi-voix. À la mort d'Egil, on vendit la maison. Elsa resta seule avec cette bête anxieuse qui pouvait surgir quand on s'y attendait le moins et vous enfonçait, elle avait tant de choses à dire, mais c'était impossible. La bête maintenait son emprise année après année, c'était peut-être héréditaire, aussi ancien que la condition féminine, Elsa toujours si fébrile, longtemps après avoir connu l'émancipation, qui s'affairait à la cuisine en laissant deviner sa rage. Les promenades de Vera avec Egil leur donnaient du répit, le vieillard et l'enfant regardaient la mer et quelque chose se dénouait ; celui qui se tait en dit parfois davantage —

— QUI SE TAIT en dit parfois davantage. Ils virent un documentaire sur Maitri Puja, de son premier nom Ram Bahadur Bomjan Tamang, le garçon de Ratanpur qui avait décidé de s'asseoir sous un figuier pour attendre l'Illumination. Les gens venaient en foule et l'équipe de la BBC cherchait à percer le mystère, comment le gamin ne mourait-il pas sans prendre ni boisson ni nourriture. On interrogea des nutritionnistes, on plaça des caméras jusqu'à ce que le garçon en ait assez, parte en forêt. Quand il revint six ans plus tard, il était Éveillé, son message au monde était : aimez-vous les uns les autres. Très bien, lui dit l'équipe télé, mais comment tu t'es nourri dans la forêt.

NOVEMBRE en Sagittaire, 8 heures 18 minutes et du gel en vue. Bertil rentra de la forêt avec une écorce de chêne humide et dit : l'hiver sera froid. Ça rampe en moi, dit Vera. Ça rampe sur moi, dit Björn, ça ressemblait à une gigantesque tique, mais de plus près elle s'avérait être un beau petit scarabée très proche d'une sorte dont les larves dévoraient les vieilles maisons. Dans le livre de bord, Björn nota : corneille larve bouleau fantôme. Ils trouvèrent un trou dans les fondations, des pierres s'étaient détachées, l'inquiétante pensée de la maison comme une passoire, des larves de scarabées, ce n'était que le début, et puis les anciens propriétaires étaient passés devant la maison en voiture, ils s'étaient plaints à Bertil que l'herbe ne soit pas coupée – comme si le navire était en train de couler et qu'on nous commente la couleur des canots de sauvetage, dit Björn. Sommes-nous un navire. Nous coulons. Non, pas de précipitation, mais Vera s'occupa du trou, creusa jusqu'à la nuit tombée dans une sorte de torpeur, comme une mouche assoupie proche du rêve.

STEN ANDERSSON avait été le premier. Ensuite vinrent la famille Oscarsson, Bengt et Berit Eriksson, Björn et Vera, mais avant, juste après Sten Andersson, l'intendant.

L'intendant, apprit Vera, était né le jour même où le professeur Zetterstedt sur une crête du Finnmark tomba sur :

1. un exemplaire de la phanérogame *Braya alpina*, c'est-à-dire un genre de cardamine, parfaitement conforme à celle précédemment trouvée par le professeur Fries, mais en « plus velu et plus branchu ».

2. un exemplaire de *Chrysotoxum arcuatum*, petite syrphe ou mouche guêpe, quasi disparue depuis. Les chemins de l'intendant et du professeur devaient se croiser deux à trois fois, notamment unis par un commun intérêt pour la susnommée syrphe, et peut-être ne serait-il pas absurde de supposer que cette dernière, dans la mesure où elle fut tuée au moment même où l'intendant inspira pour la première fois, scella d'une certaine manière un lien secret entre eux trois ; tout ce qui vit reconnaît la mort.

PAR CENTAINES elles jonchaient la plage, transparentes avec des fils violets à l'intérieur. Le garçon en prit une à pleine main, la soupesa, il savait ce que c'était. Il la rapporta à la maison dans son seau. La nourrit d'aiguilles de pin et d'eau. Mais au bout d'un jour elle commença à sentir. La mort l'a emportée, dit le père. Elle habite où la mort ? Dans la main de Dieu, creuse donc.

Où la mort habite-t-elle ? Il la cherchait dans un crapaud gonflé, au moyen d'une incision bien nette sur le ventre. Il la cherchait dans une poule, d'un os à l'autre. La cherchait dans l'œil luisant du chardonneret, qui le fixait sans expression. Qu'est-ce qui périt dans le vivant ? Le prêtre : tout sauf l'âme, si elle est pure de tout péché. Les animaux ont tous été sauvés dans le grand bateau de Noé ? Bien sûr. Et tout le reste a disparu. Enfin, tout sauf notre Église, car elle existait avant même le péché. Le savoir-faire du fils de tailleur, fil et couteau, le conduisit à des études de zoologie et par la suite à un voyage de collecte dans la Calotte nordique où il… Non, il ne voulait pas en parler, balaya d'un geste en lançant un regard fugace vers la dame en vert assise en face de lui à la table de salon, dans la chambre de Gammelstrand qu'il louait depuis son arrivée à Copenhague à madame Jacobsen, une impécunieuse mégère soit dit en passant —

TON CALME. Que veux-tu dire ? Ce calme incroyable quand tu restes assis des heures à tripoter cet hyménoptère mort. Oh, dit Björn, c'est juste une apparence. À l'intérieur, ça bouillonne comme chez tout le monde.

La pompe était réparée. Vera trouva des noms à elle pour les lépidoptères de Björn, papillon tigre, aile de léopard, pierre volante. Ils faisaient des promenades nocturnes hors des sentiers battus, après la ferme de Bertil et le terrain de Lena, en suivant le ruisseau caché jusqu'à la forêt. Respiraient lourdement. Quand ils fermaient les yeux, ils entendaient des bruits d'animaux. Avançaient prudemment en terrain inconnu. Quelqu'un les observait. Peut-être que c'était Berit Eriksson, leur dit Bertil plus tard. Ou bien Marit Almgren dans la maison jaune, au tournant après la ferme de Sten. Vera s'étonna de l'évidence avec laquelle Bertil nommait les vivants et les morts dans la même phrase. Que faisait Marit Almgren dans la forêt, demanda-t-elle, mais Bertil l'ignorait et bien sûr on n'avait pas besoin d'une raison particulière pour sortir dans la nuit.

Et tous ces vestiges des temps anciens, plus nombreux que nous, ces pierres mémorielles de nos aïeux, de leurs campagnes militaires et de leur mort, ou seulement de leur mort ; leurs us et coutumes autour de neuf cents et des poussières effrayèrent Ibn Fadlan, l'écrivain-voyageur mandaté par le calife de Bagdad, surtout pour la dimension relationnelle et l'hygiène, voir la vie de brigand de Karl Tanner dans *Game of Thrones*, ô ce fier héritage.

OUI, DIT BJÖRN, un nombre infini de raisons de douter de l'excellence de l'espèce humaine. Comme les animaux, en plus tordu, dit Alma tandis qu'ils étaient assis enveloppés comme des chrysalides sur la véranda, dans une pénombre allant fraîchissant, parlant de leur amie Livia et de son Âme sœur, rencontrée sur le site MeetYourSoulmate.com, un vrai Adonis, raffiné en plus, mais tout avait tourné au vinaigre dans leur réalité partagée — Tu me contredis tout le temps. — Pas du tout. — Tu vois bien. On s'imagine être compris, avait dit Livia, qu'il existe en dehors de nous un être qui comprend notre tentative de formuler notre existence, mais c'était comme si elle avait quelque chose de pâteux dans la bouche quand elle avait essayé de parler avec l'Âme sœur — Comment peux-tu être aussi confuse, s'écriait-il, quand il ne rageait pas contre des amants supposés sous son lit. Tu sais ce qui t'attend, disait Alma, quitte-le à temps, un jour viendra où tu seras contente de ne pas être l'agneau de son loup.
Au départ d'Alma, la maison se tut et quand Björn partit collecter des spécimens, elle commença à résonner. Parfois quand Björn n'était pas là, Vera avait l'impression qu'il n'existait plus. Il ne lui suffisait pas de lui parler au

téléphone, ce n'était pas assez pour une relation humaine. Attention, disait-elle, à ce que nos muscles du cœur ne se détendent, ne se relâchent sous le poids de la graisse, selon les mots du chanteur français. Tu parles, dit Björn, avoir le cœur saignant, comme un steak aplati… En plus c'est l'affaire de trois quatre semaines au maximum et nous ne pouvons pas vivre d'air et d'eau fraîche, contrairement à Maitri Puja.

QUAND L'INTENDANT rencontra la dame en vert, devinait Vera, son cœur à elle devait être encore jeune et sans gras. Elle s'avança vers lui dans un bruissement de soie comme à travers les sables du désert et sa robe était vert colibri dans cette chambre la plus reculée de Stormgade 10, où trônait la dernière pièce conservée de l'ancien Museum Wormianum d'Ole Worm. La curiosité, une grande racine de *Quercus robur* à savoir chêne, implantée dans une mâchoire d'*Equus caballus* autrement dit cheval. Pas tout à fait à sa place au Muséum d'histoire naturelle et placée de ce fait un peu à l'écart, juste après l'herbarium à poissons de Forsskål et la collection de coquillages de Spengler, comme pour nous rappeler : où nous retournerons. La dame considéra la curiosité, ils la considéraient ensemble, en ce mois de septembre il avait fait une découverte, septembre et la robe verte se reflétait dans le globe en verre abritant la relique, il se tenait courbé derrière et la voyait, tout restait encore à dire. La demoiselle était-elle perdue ?

TOUT RESTAIT encore à dire : ils parlèrent poissons. La demoiselle savait-elle à quoi ressemblent des branchies de l'intérieur ? Comment on écorche un dauphin ? Que les yeux des flétans n'ont pas toujours été asymétriques ? Elle l'ignorait. Sur quoi il avait pris sa main, comme pour l'observer, comme pour examiner dessus la réfraction de la lumière, c'était inconvenant, elle le laissa faire. Aussi lisse et légère qu'il se l'était représentée, tandis que la sienne était blette et moite, comme une anguille, pensa-t-elle furtivement bien qu'elle ne s'y connaisse guère en poissons —

ELLE NE S'Y CONNAISSAIT PAS en poissons. Mais sous les mers, des abîmes, et des monstres s'y cachent aussi. La sirène du *freak show* de P.T. Barnum, moitié singe moitié poisson. Ou la truite à fourrure, achetée par une dame sur un marché de Grande-Bretagne. Et le basilic vous tue d'un regard, si bien que personne n'a pu témoigner de sa véritable apparence ; la Jenny Haniver – un monstre toujours bon à avoir sous la main quand tout vacille, qu'elle avait pu observer à la fenêtre du poissonnier Jensen – la demoiselle ne doit pas croire tout ce qu'on lui raconte. Nous vivons une époque de progrès. Rien d'impénétrable qui ne devienne tôt ou tard un objet de Science. Dès lors il faut se tenir prêt à manier le couteau, car tout finit en pourriture.

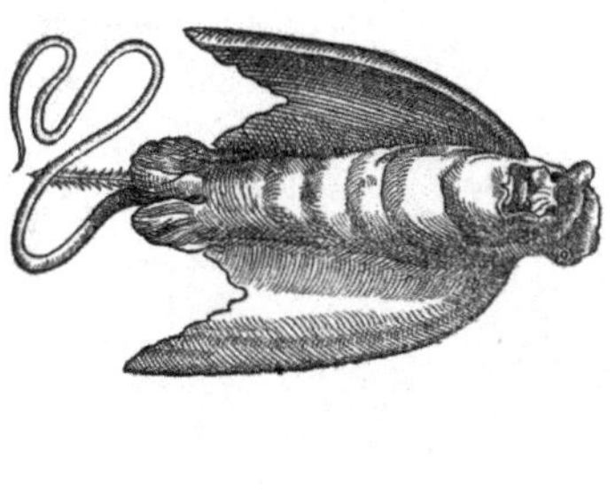

DÉCEMBRE en Capricorne. Il parlait déjà à la naissance et le rouge est sa couleur. Promet beaucoup mais retient peu, louanges trompeuses. Commencez rien ce mois-là, dit Bertil, et les chenilles si vous en voyez, vous les brûlez. Jens passa avec une caisse de vin. Ils buvaient jusque tard le soir comme s'ils voulaient se libérer de quelque chose, c'était la lune ou la tectonique des plaques, on n'avait qu'une envie, hurler en se jetant dans les bras les uns des autres. Il pleuvait à verse dehors, une pluie glaciale, et le marais montait. Jens se tordait sur son siège. Il avait grandi dans un delta. Jouait au bord du fleuve en été. À l'automne avec la crue, c'était la pêche aux écrevisses. Une fois il avait plu si fort qu'ils s'étaient claquemurés à la maison, l'eau n'arrêtait pas de monter. Quand ils avaient fini par sortir, des centaines de serpents éclatés pendaient aux arbres. Ils s'étaient glissés jusqu'au sommet pour échapper à l'eau et s'étaient fait attaquer par les oiseaux. Plusieurs années après, des gamins trouvaient encore dans les branches des peaux de serpent qu'ils détachaient pour les fourrer dans le casier d'une fille. Faut se méfier, dit Jens, que la réalité ne se fende pas sous vos yeux.

Plusieurs jours durant Vera se demanda de quoi se méfier et ce qui pouvait bien se fendre. Björn dit : laisse tomber, mais prends garde à l'*Acherontia atropos*, le Sphinx tête-de-mort. S'il apparaît près du lit d'un malade, c'est mauvais signe, s'il crie, c'est foutu. Des bestioles aux ailes transparentes sourdaient des murs et mouraient sur-le-champ. On entendait craquer l'escalier la nuit. Björn nota dans le livre de bord : vanesse, chauve-souris, hulotte, joug. Il y a des papillons qui ne vivent qu'un jour, des papillons qui ne mangent même pas, ne font que se reproduire et meurent ensuite purement et simplement, mais tout, tout veut vivre. Est-ce que c'était ça, la vie ? Avancer jusqu'à ce que ça n'aille plus, être inhumé, ingéré, partager l'estomac d'une grive avec un Argus bleu, devenir semailles ?

LES JOURS raccourcissaient, la neige montait par vagues, Bertil dut renoncer à déblayer. Six ou sept semaines, dit Björn, et nous n'aurons plus de réserves. Sten Andersson devait rire dans sa barbe. Quelqu'un avait déposé la pelle. Dans les rainures du plancher des coulures brunes, l'eau s'infiltrait partout. Ils finirent le dernier morceau de sanglier. L'Argus bleu scintillait sur son lit de coton, mystérieux dans la mort – une invitation ?

Björn enfonçait épingle après épingle dans le corps du papillon, Vera rêvait de la mer. La plage de Montauk presque déserte maintenant, quelques transats, Jess ou Jill et Max Frisch qui disait : appelez-moi Max. Au large de cette côte avaient sombré le *John Milton*, le brick *Flying Cloud* et la goélette *William Henry*. Et juste ici, sur cette plage, chavira le *John D. Buckalew* en route vers Newport avec son chargement de charbon, mais on ne déplora que deux marins disparus. Quand le *Elsie Faye* s'échoua juste en face de Ditch Plains dans une tempête de neige en 1893, tout l'équipage eut la vie sauve, hormis le perroquet du capitaine. Toute une année on mangea des noix de coco pour le dessert à Montauk, car le *Elsie Faye* venait des Antilles. Et quand le *Lewis King* sombra juste sous le phare, on eut du pudding aux dattes. À chaque naufrage, un nouveau plat. C'est le temps des monstres en sommeil. On guette, on guette et rien n'échappe à l'entendement. Mais nous, nous savons ce qu'il en est, dit Max Frisch. Vera hocha la tête. J'adore les vieux bateaux, dit Jill ou Jess. C'est comme le monstre de Montauk, dit Max Frisch, il ne ressemble à rien. Mais si l'on devait faire une comparaison, ce serait un mixte de sanglier et de veau à bec. Vera ne connaissait pas le monstre de Montauk, par contre elle avait entendu parler d'une petite créature merveilleuse rejetée sur une plage du Panamá, une sorte d'hippocampe, et Björn qui était allé au Canada raconta qu'on avait vu là-bas un genre de cochon à fourrure. Qui est Björn, dit Max Frisch.

NOUS AVONS BESOIN de discipline, dit Björn. On ne peut pas laisser les choses dégouliner de partout. Essayons de nous en tenir aux faits. Plus rien à faire, piètre consolation que celle-là. Si la terre s'effondre et le ciel par-dessus, dit Vera, nous nous taillerons un chemin jusqu'au champ et là, main dans la main, nous contemplerons la fin du monde. Les animaux nous rejoindront. Nous renoncerons tous à tout. Plus de google à gogo, de soûlerie, on oublie le travail, la carrière. Ne dramatise pas. Tout n'est pas fini. Pas encore. Durée du jour 6 heures et 11 minutes, le mois du Verseau, qui navigue sur mer et autres grandes étendues d'eau, menant par là son négoce. D'humeur bilieuse, souffrira moult calculs. S'il vit jusqu'à quarante, vivra jusqu'à soixante-douze ans, signe annonciateur de la mort, grave douleur au gros orteil.

Vera rêva que trois petits monstres prenaient possession de la maison. Björn dit : ils doivent avoir faim. Quelqu'un appela, faux numéro. Björn dit qu'il avait besoin d'un tube très spécial pour réparer la tondeuse à gazon. Le froid s'aggravait, ça faisait mal aux talons. On vit un film intitulé *Disparue*. La réalité se faufilait dans la maison. La frontière entre ce qu'ils étaient et ce qu'ils voyaient tendait à s'effacer, ils étaient près de suivre l'appel du lac de Brevik. C'est Bertil qui l'avait entendu. S'était frayé un chemin. Le chien aboyait vers l'eau. Ce cri, c'était comme si on voulait sortir de la glace. C'était comme un cœur battant sous la glace. Appelant à lui quelqu'un, pour le faire sien. Je crois qu'il va faire mauvais temps, dit Bertil en repliant ses mains.

LA NEIGE ne le cédait pas d'un pouce. Le téléphone continuait à sonner mais ils ne pouvaient plus répondre : venez. Ils virent un documentaire sur les gros camions qui transportaient des conduites de pétrole en Alaska. Le seul moment pour s'acheminer là-bas, c'était l'hiver quand la mer gelait, et le chauffeur devait alors tenir une vitesse moyenne de vingt kilomètres heure, trente au maximum ; qu'il aille moins vite, la glace craquait, même chose s'il conduisait plus vite. Le commentaire était soutenu par une musique pompeuse durant ce trajet de dix heures, réduit à une heure au montage. Tu crois qu'il arrivera au bout, dit Vera. Bien sûr qu'il y arrivera, dit Björn. On est à la télé. Jens appela. Björn expliqua : vague de neige. Bertil, déblayage impossible. Plus que des lentilles en réserve ou denrées oubliées.

Des stratégies pour survivre à l'hiver, lisaient-ils : renforcez votre âme par noble discours. Attendez du froid le lundi, le mardi redoutez l'humeur noire et son pouvoir. Quelqu'un déposa la pelle. La maison tenait debout, mais ils étaient coincés, l'Argus bleu, la grive, l'hiver. Côté provisions, on se rapprochait du niveau chutney sauce. Alma passa un coup de fil. Vera expliqua : Bertil, déblayage impossible. Attention à ne pas vous transformer en ascidies sans cervelle, cramponnées à leur rocher, dit Alma. C'est pas nous, dit Vera, c'est la neige. Whatever. Eh oui, dit Björn, il arrive qu'on soit incompris. Les rencontres humaines ne sont qu'une collision entre deux expériences radicalement différentes de la même réalité, et dans la solitude, on vacille. Mais nous pouvons nous pencher les uns sur les autres. Mon corps sait quelque chose de ton corps que tu ne sais pas. Nous vivons à travers ce que nous voyons, le bien que nous faisons et ce que nous redoutons. Nous vivons à travers les traces que nous laissons chez les autres. Source d'Espérance, ne me laisse pas seul sur Ton chemin.

VOILÀ qu'on découvre un jour en sortant que l'hiver est passé. Ils n'y croyaient plus, et pourtant. Firent prudemment glisser la porte sur ses gonds. Ça crépitait sous leurs pieds, c'était tout un fatras. Sous chaque objet, chaque pierre soulevée, poussait une plante. Björn renomma le jardin. Tout était sans cesse en mouvement, conduisait à de nouvelles impulsions, tout réagissait au toucher. Nous devons être très vigilants, dit Björn, nous devons ouvrir l'oreille et garder l'esprit ouvert.

Se réveiller la nuit, savoir que les champs seront bientôt labourés. Celui qui veille sur une jambe veille deux fois, comme la grue, comme Alexandre le Grand, l'œil le plus sombre à demi fermé, une pierre sous le pied, pour qu'il se réveille en tombant par terre ; secrètement lié au temple d'Éphèse incendié la nuit même où le conquérant poussa son premier cri, temple en ruines dont Björn et Vera foulèrent le sol brûlant dans la chaleur d'été, le soleil au zénith, en proie à une interminable dispute dont ils avaient oublié le motif, le reste du voyage, fragments isolés d'un village aplati, malentendus avec le personnel de l'hôtel avant de comprendre qu'un claquement de langue et les yeux levés signifiaient : non.

Se réveiller la nuit, la poitrine tout près d'exploser tel un chœur d'hommes, c'était le téléphone : le Soulmate de Livia était devenu dingue. Une nuit la réalité s'était fendue en deux, lui échappant tellement qu'il avait empoigné Livia trop fort, il n'y avait plus rien à dire. Plus jamais l'agneau de son loup, pour personne. Bon, bon, dit Vera, tu dois porter la cicatrice comme une larme, ni plus ni moins qu'une larme. Regrette le temps perdu pendant cinq mois, guette le rameau d'olivier. Cette nuit-là Vera fit un rêve : elle était la femme d'un amateur de fugu, regardait le poissonnier vider les entrailles d'une main experte, envelopper les filets dans un paquet brun, puis elle traversait une ville étincelante en voiture, le paquet sur les genoux, rentrait à la maison, cuisinait, attendait.

DANS LE SIGNE DU BÉLIER, vous aurez avantage à commercer avec gens de bien, aller à pied, acheter denrées, pratiquer brûlis. Ils se débarrassaient du passé. Virées, les antiquailles. On vire et puis c'est tout. Amassé tout le fatras, on y met le feu. La joie de retrouver les amis, de les voir entrer, la maison les accueillir tous, oui tous, Vera se disait qu'ils ne seraient pas les derniers occupants, quelque chose de rassurant là-dedans. Ils firent de la fondue, la nuit, des rêves doux et profonds, descendirent le matin pour de grandes embrassades, sauf Jens après des cauchemars fromagers. Livia dit qu'ils devraient se procurer sonnette et serrure. N'importe qui pouvait franchir le seuil et se retrouver dans le vestibule à leur insu. Il y a bien pire dans la vie, dit Alma, qui avait vécu seule dans une maison verrouillée toute une année quand elle en avait eu marre, pour se couper du monde. Elle s'était coupée de pas mal de choses, mais pas d'elle-même. Des chiens aboyaient la nuit. Le jour apparaissaient des traces de pas dans la neige. Elle dormait avec une carabine à air comprimé dans son lit. Elle savait que c'était improbable, un meurtrier à la hache consultant les horaires de ferry pour prendre une route de traverse, suivie d'une montée laborieuse du sentier jusqu'à la maison glaciale, mais c'était plus fort qu'elle. Jusqu'à ce qu'elle devine qui était vraiment monstrueux.

Ils virent un film sur une famille qui avait un monstre dans la cave. Personne ne l'avait vu, mais tous savaient qu'il était là. Ils faisaient des rondes dans la maison, la peur au ventre, jusqu'à ce qu'ils comprennent que le monstre ne disparaîtrait jamais. Une fois par jour, la maman descendait à la cave pour calmer le monstre. Vera se demandait quelle langue elle utilisait, s'il était possible de l'apprendre. Björn en doutait. Pourquoi. Parce que le monstre ne peut dialoguer avec la part d'innommable en nous.

L'INTENDANT, à ce qu'avait appris Vera, acquit cette maison après avoir trouvé dans le roi Christian un acheteur obligeant et généreux d'une collection qu'il avait en double. Mais d'abord : la dame en vert et la chambre de Gammelstrand qui s'abîme dans un calme soudain. À peine un cri de mouette depuis le quai où résonnaient il y a peu les échos bruyants du marché au poisson, comme pour souligner le silence après l'émouvant exposé de l'intendant-chercheur sur les yeux migrateurs de l'*Hippoglossus hippoglossus*, ou flétan.

Car les yeux migrent bien. Au stade d'alevin ils sont disposés comme pour la plupart des créatures marines, de chaque côté de l'animal. Mais voilà qu'un œil se libère, commence à se déplacer sur le corps (et non par voie interne, comme admis auparavant) pour finalement prendre place, selon la caractéristique de l'espèce, à côté de l'autre œil sur le flanc supérieur du poisson, d'où sa vie durant il regardera la surface de l'eau, comme l'être humain regarde le ciel par nuit claire – ainsi parla-t-il. Ce dont il évita de parler :

Un hiver et deux étés dans la Calotte nordique, le froid ; le péché racheté par une évangélisation forcenée ; l'ennui ; des petits enfants libérés du catéchisme en février pour aller contempler les premiers rayons de soleil dépassant les crêtes ; ces mêmes enfants qu'on envoyait au port, la viande de baleine rapportée en sac à dos, le sang gouttant le long de la colonne vertébrale ; les nuits chez le pasteur Lindstedt quand… Non, il préférait ne pas en parler. Ce qu'il aurait voulu : défaire la robe verte.

COMMENT DÉFAIRE la robe verte ? Après que l'oiseau à naturaliser s'est refroidi, on détache les plumes de la poitrine et du bas-ventre, puis on continue à inciser la peau depuis le sternum jusqu'au cloaque, à savoir l'orifice postérieur. Mais cet oiseau-là ne possédait pas de plumage et l'enveloppe était fermée par des boutons. Le contact avait été établi – ils avaient pris le thé. Puis il avait soulevé sa main, elle l'avait laissé faire et l'avait même suivi d'un pas décidé dans la chambre de Gammelstrand pour boire ledit thé, malgré l'absence de madame Jacobsen partie visiter un arrière-cousin malade ; le thé maintenant fini depuis longtemps, la lumière tamisée de la fenêtre jouant sur les parties dénudées de la dame – tête, cou, mains – elle se tenait donc assise juste sous l'étagère où reposait la découverte, un alevin d'*Hippoglossus hippoglossus*, mort, mais bien conservé dans son bocal en verre, et tellement plus simple ! Sans boutons ! C'est alors que la Danoise se leva, s'avança vers lui, jusqu'à son siège, pour lui dire : enfin, vous feriez bien de m'aider à la retirer, cette robe.

Mademoiselle Caroline Mathilde Christensen, voulez-vous me suivre par-delà le Sund ?

Voulez-vous traverser la mer avec moi et découvrir choses dangereuses et d'autres inoffensives ? Voulez-vous laisser le connu pour vous unir à moi, que nous soyons comme des jumeaux *Scomber scombrus* ? Oui, je le veux, je le veux bien, mais qu'est-ce que *Scomber scombrus*, ah oui, le maquereau.

MARTIUS ou le mois des saints, propice à vous laver et prendre le bain. Si gel y a la nuit de l'Annonciation, gèlera quarante nuits, autant que martyrs grelottants du lac de Sébaste. Au réveil un matin, tout était figé. La maison se rétractait comme un escargot sous les doigts. C'était comme si eux-mêmes s'étaient arrêtés. Alanguis. Somnolents sous la lumière pâle. Ils virent un documentaire sur la fin du monde. Se peut-il, demandait Werner Herzog au chercheur assis sur une montagne gelée, colonie de manchots à l'arrière-plan, qu'un pingouin devienne fou, non qu'il se prenne pour Napoléon ou Lénine, mais qu'il en ait assez, quitte sa colonie pour s'enfoncer dans les terres et trouver une mort certaine. Bien sûr, répondit le chercheur. Mais pourquoi ?

La commune envoya une sorte d'injonction. Quelque chose n'allait pas, mais pas du tout, avec leur tuyau d'écoulement, foutue réalité, dit Björn, que ne suis-je un Rilke. Des bêtes rentraient, ça bougeait dans les conduites la nuit. Des pensées se glissaient dans les rainures du plancher, Björn nota dans le livre de bord : ortie, belette, corbeau, souci. Tant d'interruptions dans les débuts de toute chose, dans les premiers tâtonnements de la vie. Ils fuirent la maison. Parcourant en voiture un paysage glacé, jusqu'au château désert et silencieux, traversant le jardin à l'anglaise jusqu'au labyrinthe récemment repiqué, qui leur arrivait à peine à la taille, il manquait un enfant pour jouer à cache-cache.

ARRÊTEZ LE MASSACRE, dit Bertil. Björn ne captait pas, Vera non plus. Ça concernait la forêt. Lennart, hein, c'était un paysan, dit Bertil, mais il avait de l'attirance pour ce qui peut s'allonger, se consommer, les animaux, les femmes. Börje avait déblatéré sur la Lena qui faisait griller la viande en petite tenue – et Lennart avait passé le permis de chasse. La neige avait à peine fondu que Börje était parti le chercher au petit matin, ils avaient conduit dans le noir jusqu'à la forêt du lac de Brevik, où ils avaient allongé un superbe sanglier. Ils l'ont dépecé en quartiers, se sont mis en marche. Börje portait les pattes et le tronc, Lennart la tête. Ils avaient déjà contourné la moitié du lac de Brevik, ils étaient presque à la voiture quand un coup de feu a retenti, et puis deux autres. Tout est devenu noir, a dit Börje. Quand il s'est réveillé, il avait le gant rouge. À côté de lui, trois cadavres. Le premier, c'était le sanglier. Le deuxième, Lennart. Le troisième, un homme qu'il avait jamais vu avant.

Un Allemand de Dortmund. Qui avait loué une cabane de chasse au lac de Brevik. Il était sorti à l'aube. Il avait vu le sanglier, avait visé, tiré. En allant récupérer l'animal, il avait trouvé Lennart mort à côté de la tête de sanglier, une balle dans la poitrine, et Börje évanoui. Sur quoi il a dû se mettre la crosse dans la bouche et tirer.

Voilà, dit Bertil. Quand on s'y attendait le moins. Où va le monde. Désormais le lac de Brevik ne voulait plus cesser de cogner bien que la glace ait fondu.

Vera songea plusieurs jours durant à ce qui frappe. Les lacs et les Âmes sœurs ; le paquebot à vapeur *Great Eastern*, le plus grand navire du monde, une merveille d'acier qui eut la vie dure. Car dès son voyage inaugural, d'étranges cognements venus de la cale réveillaient les passagers. Ce n'est que plus tard, plus de trente ans après, quand il fut démonté au cimetière naval de Birkenhead, qu'on retrouva les cadavres d'un homme et d'un jeune garçon, emmurés dans la double coque.

C'EST UNE FIXATION, les catastrophes. Je sais. Tu es obsédée par l'inexorable dépérissement. Oui, là aussi. Tu t'enfermes là-dedans. Oui, oui, on y va. Pour aller gravir la montagne, ils devaient traverser les champs en direction du nord, prendre la longue allée de vieux chênes, passer la clairière, contourner le lac et franchir un terrain brûlé. La pente n'était pas raide, mais envahie d'aubépines. Björn avançait tout droit comme un infatigable chameau, Vera suivait, Kate Bush résonnant dans le crâne, ils ne parvinrent pas au sommet. Vera les voyait courir sous ses yeux, main dans la main, vers le bonheur, des larmes dans la gorge, ils tenaient tant l'un à l'autre. Incalculable, semblait-il parfois, tout ce qui nous empêche d'aller à l'essentiel.

TIBERTIUS ou le premier jour d'été. Déclin suivant le premier croissant de l'été, dénommé déclin de la corneille, propice à couvrir les toits, car l'intempérie point ne risque les arracher. L'hiver un traîneau bloqué dans sa course, le printemps un cri, l'été la guêpe dans le pot de miel, l'automne un répit. C'est bon de voir s'ouvrir les bourgeons, tout renaître, les amis revenir. Dans le livre de bord, Björn nota : pie, corneille, bourdon, serrure. Le printemps s'ébattait. Le soleil brillait timidement. Bertil maniait la cognée, les pies se disputaient pour un butin caché. Tout était occupé à vivre et pousser. Poussait quelque chose dans le ventre de Livia. Alma dit qu'il y avait des cas où la prolifération s'arrêtait, se figeait en configurations bizarres du genre boules de poils et dents, ce qui fit penser à Vera qu'en dépit de sa nouvelle présence à la vie après toute cette méditation, Alma n'avait peut-être pas perdu ses penchants morbides. C'est juste pour dire, dit Alma.

Dans son bocal humide, une vanesse après l'hivernage était en phase d'assouplissement.

Au coin de l'œil, un halètement. Était-ce le Sphinx tête-de-mort ? Avait-il crié ?

Des stratégies pour combattre cette impression d'une réalité vacillante : respire profondément, mais ne fais rien. Sens l'air entrer dans le nez, sortir du nez, constate : il entre, il sort. Constate : quelque chose est. Continue. Sors, suis le sentier jusqu'au pied de la montagne, trouve une belle pierre du poids d'un cœur et dis : en Toi se réjouiront ceux qui aiment ton nom Seigneur aplanis mon chemin.

VENEZ VOIR le cœur, dit Claudia. Elle habitait sur les bords du lac de Brevik. L'île était demeurée intacte depuis que le pont s'était écroulé, mais on l'avait reconstruit, la petite troupe pénétra sur un terrain sans pistes, un monde qui n'avait pas besoin d'eux, quelque chose de fascinant là-dedans. Le pavillon sur la colline était bien délabré. Seuls le toit et une table en chêne restaient intacts, à deux ou trois inscriptions près. Livia regrettait d'avoir manqué d'instinct de survie avec son Soulmate, même les arbres se débrouillaient mieux. Oui, regretter vient du mot larme en vieux norrois, dit Claudia qui fut linguiste avant d'en avoir par-dessus la tête et de se reconvertir en guérisseuse par la foi. Les Vikings ont dû transporter leur grât sur le continent où le terme est devenu un mélange de remords et de manque, regret, l'une des expériences toutes personnelles de Claudia depuis cette semaine à la mer avec l'homme qu'elle aimait alors – un barde – ils étaient censés y voir plus clair. Durant la journée, ils marchaient le long de la côte, rentraient se disputer, s'aimer, manger des crustacés, jouer des préludes de Bach. Une brèche s'était ouverte, on avait tombé le masque, dit Claudia, ce n'était pas très beau à voir, mais il y avait de l'espoir. C'était avant qu'il commence à dire des choses comme —

« Oh c'est trop pénible cet amour exclusif, je ne pourrais pas le délayer un peu avec d'autres que toi »

et

« Tous les hommes matent les filles sur Facebook »

— pour finalement, quand le délayage eut opéré sous le nom de Lisette, demander sans ambages à Claudia de « bien vouloir accepter ses sincères excuses, bonne journée ».

QUAND L'INTENDANT rencontra la dame en vert, la mer n'était qu'un marécage de secrets à percer, mettre au jour et conserver. Aucun monstre n'y logeait, l'assura-t-il, et l'homme était plutôt rassurant, malgré le regard errant au loin, la courte barbe dévoilant un menton fuyant, c'était irrésistible, elle ne voulait pas savoir comment elle en était arrivée là, traverser le détroit avec ses vagues si hautes qu'elle se demandait si elles ne l'avaleraient pas, mais pour sûr, comme une honnête femme, lui dit sa mère en lorgnant le ventre de Caroline, déjà rebondi, ma gosse, tu seras intendante des Pêches.

N'est-ce pas étrange, dit Vera, comme tout est enclos, qu'aucun être vivant ne se soit d'abord trouvé à l'intérieur d'un autre être. Pas tout à fait exact, dit Björn. Il y a les poissons et les huîtres, qui font tout à l'extérieur, et les lombrics, bisexués tout comme la campanule. Il y a des organismes qui se reproduisent d'eux-mêmes, des champignons de quatre sexes et des réseaux souterrains de spores grands comme la Californie. Il y a des cas où tout a mal tourné, même si les choses commençaient bien.

TOUT commençait bien. Rien qu'à l'idée, dit Livia au téléphone depuis l'hôpital, d'être jetée sur un brancard comme un chat couché pendant qu'une blouse blanche conduit une sonde imprégnée d'un gel ectoplasmique sur ton corps dénudé. Tu le vois tourner un bouton, tu vois une grotte noire se dessiner, et tu te dis : ça aussi, c'est moi. La sonde s'introduisant de plus en plus profond dans tes entrailles, avant d'en sortir illico.

Plusieurs jours durant, Vera pensa au ventre de Livia. *Idola tribus*, écrivait Francis Bacon, c'est la tendance à traduire les événements soudains par le filtre d'une imagination anthropomorphe et débridée. Tout ce qu'on voulait pourtant, c'était vivre son bout d'existence avec la sensation d'aller quelque part ; au lieu de faire la bûche avec pour seule perspective d'être fendue en deux ; comme une ascidie sans cervelle cramponnée à son rocher ; faire la différence entre un jour et un autre, au lieu de piétiner dans un éternel présent soumis à variations microscopiques – l'atome éternel ! L'Argus bleu ! La grive ! Dans son ventre ! Ça va, dit Björn. Ce n'était pas forcément un Sphinx tête-de-mort. N'y pense plus. Elle y pensait. La grive ouvrait son œil de noix.

EN MAI ferez bien d'aller à pied, manger chaud, prendre boisson qui fortifie le sang. Jens apporta un détecteur à métaux. Ratissa le bosquet jusqu'au soir et rentra avec un seau plein de clous. Non mais, dit Vera, je croyais qu'on avait nettoyé le terrain. Ils virent un film sur une éruption volcanique. La population de l'île avait été évacuée, le volcan grondait au-dessus de villages fantômes. Werner Herzog avait fait l'ascension avec son équipe, il était arrivé dans un village où ils avaient trouvé un homme assis contre un arbre entouré de chiens et de chats errants. Suivez-nous, dit Werner, sinon vous serez réduit en charbon. Possible, dit l'homme, mais vous me ferez pas bouger de là.

Ne rien vouloir qu'être ici, nulle part ailleurs, quand on est sur une île déserte, dans une maison l'été. La température montait. Ils se tournaient les uns vers les autres. Oubliaient de se laver. Reconnurent l'intérêt de la djellaba, c'est fantastique, dit Björn, cette couche d'air entre le corps et l'atmosphère, et d'arpenter le jardin comme un Sauveur. Sous la chaleur du soleil on s'aimait facilement, on en aurait presque oublié l'absence de noyau et cette idée qu'on n'était qu'un amas fluctuant de carbone, protéines et synapses. Ballottés comme des méduses, ils étaient à la fois soulagés et tourmentés par l'oubli, se laissant traverser sans résistance tout en sachant qu'inévitablement viendraient les mauvais jours, ici même, dans cette maison —

— DANS CETTE MAISON MÊME, où l'intendant conduit un jour Caroline par la main, ouvre la porte et dit : ici nous allons peiner dur pour la science. Nous allons voir s'entasser des *naturalia* dans cette pièce aménagée tout exprès. Voici une grive. Prenez maintenant ce couteau et regardez ce qui s'y cache. Sur quoi nous rendrons cet oiseau à son état d'origine. Et ce pourra tenir ? Oui, cela tiendra. Mais elle est morte. Ni morte, ni vivante, mieux encore, *mortui vivos docent*. Je ne peux le supporter. Vous vous y ferez.

Dehors, le petit August Adonis Hugo Malm explore la mort chez les crapauds, dans les os de poule, les yeux de chardonneret tandis que Caroline se bat avec le couteau, le ventre à nouveau rebondi, petit cœur, si tu es une fille, tu seras une épouse.

Elle avait la beauté, l'honorabilité, la robe verte. Il avait le savoir-faire, les mots et les rixdales pour chasseurs, pêcheurs et autres capitaines, qui lui rapportaient les *naturalia* de contrées plus ou moins lointaines quand ils ne convoyaient pas les gens vers le Nouveau Monde ou ne ramenaient pas d'autres passagers de pays infestés par le choléra, lequel fut introduit dans le royaume en l'an 1834, par le marin Anders

Ryberg, 52 ans, et son épouse Anna Persdotter, 55, le premier décédant neuf heures à peine après avoir quitté son domicile au matin du 26 juillet en pleine santé, retrempé par une tasse de café, deux godets de schnaps…

… Mais dans ce cas-là, c'étaient les miasmes, déclara le docteur par la suite, cette maladie inodore, transmise par voie aérienne qui pénétrait les pores dans des pièces confinées, venue de l'espace, elle émanait des marais, privait les vivants de la prunelle de leurs yeux, maintenant même Caroline et l'intendant, mais ne regardez pas le verre à moitié vide, plutôt le verre à moitié plein, dit le prêtre, vous avez le garçon, repose maintenant dans le sein de Dieu, chère enfant, où tu es ne règne pas la mort et dans le registre paroissial sous le nom de l'intendant, celui de Caroline et du petit August Adonis, il calligraphia le nom de la fillette en sa mémoire :

Carolina la Jeune Mort-Née

QUAND FLEURIT le lin le champ devient une mer ouverte, quand il blondit, une plage sous la bourrasque. Grand temps de revêtir nouveaux habits, mais ce qu'on fait dans les débuts point ne dure. Björn sortait avec son filet, rentrait avec des bocaux pleins d'insectes morts. Alma lisait des suttas : « Quand un moine voit un cadavre jeté à terre, dévoré par des corneilles, vautours, faucons, hérons, chiens, tigres, léopards, chacals et autres animaux, il pense alors à son propre corps : tel est mon corps, comme lui périssable, appelé à connaître le même sort. » Nous serons bientôt ingérés par mille petits vers ensuite avalés par une grive ayant à peine dégluti un Argus bleu. Dissous en même temps que le papillon dans l'estomac de la grive. Allongés côte à côte avec l'Argus bleu, avec Marit Almgren de la maison jaune après la ferme de Sten, morte de froid, de solitude peut-être. C'est Bertil qui l'avait trouvée, et dans quel état, ça devait être arrivé entre les semaines trente-cinq et trente-neuf. Elle avait péri comme elle avait vécu – par principe. Eh oui, dit Bertil, quand on s'en doute le moins, on a déjà planté sa dernière patate.

LA DERNIÈRE PATATE. Qu'est-ce que ça dit d'une personne, d'être retrouvée par un étranger, rien de plus navrant que cela. Oui, dit Claudia tandis qu'ils rentraient de l'église, à travers le paysage silencieux, les accents de *Nos cœurs à l'unisson* résonnant encore à leurs oreilles, comme le passé remonte vite, elle ne pensait pas à Marit Almgren mais à son poète dont il s'avéra qu'il n'avait pas eu qu'une Lisette, mais également une Minette, une Arlette et une Colette. C'est quand elle vint régler les derniers détails qu'elle comprit. Il suffisait de le voir pour savoir. C'était comme le nez au milieu de la figure. Claudia rentra chez elle et vomit. Après enquête elle découvrit Minette, Arlette et Colette. Ah oui, c'est embêtant, dit le barde. Tu dois te demander qui je suis réellement.

CETTE NUIT-LÀ ils firent tous à peu près les mêmes rêves et descendirent déchirés d'angoisse. Peut-être était-ce la *mara*, démone qui pouvait surgir pour cause de jalousie ou parce qu'un chat avait sauté par-dessus un enfant sans baptême, qui chevauchait la poitrine des dormeurs et leur ôtait le désir de vivre, mais aussi : qui empêchait les gens de voir la réalité, chercha même à déconcentrer le Bouddha en lui soumettant belles dames et plats exquis ; dont la racine indo-européenne *-mar* signifie par ailleurs : la mort. C'est comme *-mère*, dit Livia qui savait de quoi elle parlait. Sa mère en avait à revendre, de l'amour maternel. Il emportait tout sur son passage, sans pour autant vous réchauffer le cœur, un mystère là-dedans. Mais la mère avait réponse à tout. C'était que Livia était incapable d'assumer l'amour inconditionnel d'une mère, pas étonnant qu'elle ne sache pas garder un homme.

Durée du jour 15 heures et 50 minutes. La chaleur ne baissait pas. Ils se traînaient. Se baignaient dans le lac de Brevik. Trouvèrent des méduses qui paraissaient urticantes mais qui après examen s'avéraient inoffensives, contrairement à la méduse de Nomura, *Nemopilema nomurai*, rencontrée par Jens en nageant en mer de Chine. Je crois que ça se mange, les méduses, dit Claudia, pas mal en cas de guerre. Avec le réchaud à gaz. Asta aurait soupiré. Soupiré, écrasé sa cigarette, avant d'en allumer une autre. Quand t'évacues, tu trimballes pas ton réchaud. Des hirondelles suivaient le tracé des champs, l'orage menaçait. Bertil dit : y aura perte de bétail, c'est une année à blé.

Des signes à traduire, jouissance mêlée d'effroi. Présages animaliers : grive, Argus bleu, baleine. Max Frisch scrutant l'horizon. La mer a beau être calme, il s'agit d'être prêt. Prêt à quoi, se demandait Vera. Es-tu prête. À QUOI.

UNE PHOTO antérieure de l'intendant avec une courte barbe. On le voit décontracté, assis les jambes croisées, une main sur le genou, l'autre nonchalamment posée sur une pile de feuillets au contenu incertain. Une certitude : la vie animale à laquelle nous appartenons n'obéit qu'à deux grandes nécessités, un accès approprié à la nourriture en même temps qu'un air respirable. La fugacité de la vie, on devait l'approcher sans cœur. Il le savait. Comme le savait la reine Eleonora de Brandebourg qui se fit livrer le cœur de son défunt mari, un cœur inerte, mais conservé intact dans son coffret en or. C'est pourtant ce qu'ignore complètement Caroline mère qui, depuis le décès de Carolina, sa fille mort-née, a viré au noir. Noir, le visage éteint. Noire, la tenue de deuil. Elle ne veut plus entrer dans l'atelier de naturalisation. Ne veut plus voir son fils. Ne veut plus être touchée, même habillée. Ne veut plus collaborer.

Comment ranimer la dame en vert ? Oui, comment ?

L'intendant de dire : Regarde là un appareil à ventiler. Ouvre maintenant ce volet, sens le courant d'air frais qui pénètre et chasse les miasmes délétères.

L'installation n'a pas l'effet recherché. Sur l'air oui. Mais pas sur la dame.

POURTANT : quand l'intendant au soir de sa vie se penche sur son pupitre, la tsantza le fusillant du regard depuis sa vitrine et le sang bouillonnant en lui la nuit, quelque chose cherchant à se frayer un chemin dans sa gorge avant d'éclater en taches sur la peau avec une odeur d'ail, alors son bel aplomb baisse le pavillon. Ce qui tenait droit va se fausser et vice versa. Hautement improbable, la fiabilité de la science. Hautement improbable, l'effet du ventilateur. Hautement improbable, ce que les morts ont appris aux vivants, non non, balaie-t-il d'un revers de main, il ne veut pas y penser. Il veut voir son Léviathan.

La baleine bleue n'est pas bleue, mais grise. Ne peut vivre sans eau, mais pas non plus sans air, lorsqu'elle remonte à la surface on voit que, malgré l'absence de toute extrémité ou presque, elle présente les caractéristiques d'un animal terrestre. Retient son souffle soixante minutes d'affilée, vit cent ans, nage à vingt nœuds. Elle était taillée à la mesure des premiers âges. Elle était énorme. Elle fendait la mer comme une bûche, comme un bâton de Moïse. En cette année 1865, elle vint s'échouer dans la baie d'Askim par une blême journée d'automne.

Deux gaillards la trouvèrent, qui prévinrent l'intendant. Il savait quoi en faire.

L'INTENDANT VIT la baleine et sut d'emblée quoi faire. Il allait conserver le colosse. Engranger le monstre. La science aurait trop à perdre si l'on gâchait l'animal. Non, quel qu'en fût le prix, il allait remonter à terre la bête entière, pour s'en faire le maître. Et les deux gaillards se mirent aussitôt en peine de la tuer.

Prenez deux remorqueurs, au besoin trois. Vous l'amarrez ferme. Pour le trajet, comptez un jour ou deux. Une fois arrivés à Lindholmen, levez la carcasse avec des grues, ho ! hisse ho ! hisse ho ! hisse, afin qu'au sixième jour après sa mort elle puisse être exposée aux regards, sans mutilation, à quai. La baleine, animal terrestre à la fin des fins.

TU SENS le sel, as-tu rêvé de la mer ? Le rêve remua un peu à la surface comme une araignée d'eau. Tu entends comme ça cogne, on dirait que ça vient de la route. Mais c'est ton cœur qui s'emballe. Tu devrais peut-être sortir abattre quelque chose. Les fourrés vibraient du fatras d'une vie antérieure. Sous le papier goudronné, tuiles, câbles et clous. J'ai beau déblayer, ça cogne toujours. Alors là, je ne sais pas.

Si le Léviathan s'était trouvé du même côté de l'océan que le transatlantique à vapeur *Great Eastern*, il n'aurait pas été impensable qu'attiré par les sourds cognements venus des deux mourants, l'homme et le garçon dans la coque du navire, il se soit égaré pour s'échouer dans la baie d'Askim, arrêté dans sa croissance d'un siècle de long.

Même les tortues vivent très longtemps, les anguilles et les carpes aussi. Au Svalbard on a trouvé des organismes vieux de cinq cent mille ans profondément enfouis sous la glace arctique, mais de quoi vivaient-ils, et qu'attendaient-ils dans leur berceau glacé ?

C'est pas comme ça que ça marche, dit Björn. Les êtres ne suivent pas toujours un cycle en rêvant de métempsychose. Et qu'est-ce qui te prend de t'enfoncer si loin ? Certains jours ça grondait en Björn malgré lui et non, il ne voulait pas en parler, il voulait épingler son Argus bleu. L'inquiétude s'emparait de la maison. Durée du jour 15 heures et 31 minutes. Juillet, le mois du Cancer et de la trêve, la chaleur rentrait par tous les pores. Ils dormaient. Négligeaient le nécessaire. Luttaient contre une impression de n'être que la somme de leurs espoirs et de leurs craintes, attendant la fraîcheur, attendant les résultats d'analyse de Livia. Comme si la vie me réduisait à un corps, disait-elle, une toile de Francis Bacon, masse grise de poils et dents, puis je meurs et je me fais enterrer. Rien qu'à l'idée qu'on fasse de nous ce qu'on pense juste. Qu'un autre ait le dernier mot sur nous. Qu'on puisse nous laisser pêle-mêle, comme la dépouille de Magnus Ladulås, ou qu'on soit embaumé comme Hô Chi Minh, pour être exposé à la vue de tous, bien rafraîchi, l'art de conserver, rien de nouveau.

L'ART DE CONSERVER, rien de nouveau. Au chantier naval de Lindholmen, l'intendant se bat avec la baleine et des blocs de graisse épais d'un pied, on vide, on vide, on détache la peau transportée en longues bandes sur des chalands jusqu'au musée aménagé pour leur traitement et leur préservation —

— tandis que le squelette est pris en charge ailleurs, en dehors de la ville ;

— tandis que l'intendant procède à différents examens des organes internes ;

— tandis que se poursuivent plans et préparatifs pour exposer l'animal dans son ensemble, se construit la charpente, se tend la peau, afin que l'intendant puisse quatre mois plus tard présenter la baleine, morte, mais tout entière, sous sa forme nouvelle.

BALAENOPTERA CAROLINAE

Et il dit : tu seras appelée *Balaenoptera Carolinae*, d'après le nom de ma femme, puisque après due confrontation du spécimen avec un squelette de *Balaenoptera musculus* au Riksmuseum de Stockholm j'ai pu constater qu'il s'agit d'une espèce inconnue à ce jour, ce qui pour sûr ne saurait qu'augmenter la valeur de cet animal bienheureusement sauvegardé.

BALAENOPTERA CAFETERIAE

L'animal bienheureusement sauvegardé, une baleine. Sous sa forme nouvelle, visita Stockholm et Berlin. On buvait le café dans la baleine. On y venait deviser de choses et d'autres. On absorbait gâteaux et boissons dans les entrailles du Léviathan recouvertes de papier peint fleuri. Non pas comme des victimes sacrifiées aux flots déchaînés par les marins épouvantés, ni comme des prisonniers d'un ventre de poisson punis d'avoir détourné leur visage du Seigneur, voués à séjourner trois jours durant dans la panse infernale, mais comme d'honnêtes et banals visiteurs qui avaient payé leur écot, de cinq centimes pour être exact, café compris.

LE MOIS DES FOINS, le temps du Lion, propice à construire, vous marier, cultiver sauge et anis, mais vous garderez de bains chauds et d'impudicités. Par cette chaleur étouffante, les oiseaux se taisaient, tout était suspendu. Jens apporta un hamac. Le fixa entre deux pommiers et s'allongea pour faire un somme. Tout le monde pensait qu'il tomberait, mais il ne tomba pas, s'enfonça de plus en plus profond dans son cocon, comme si l'été devait toujours durer. Ils jouèrent à des jeux de société. S'entraînèrent à conjuguer les verbes français. Ils étaient absorbés les uns par les autres. Vivaient dans l'histoire des autres. Que dois-je faire, dit Livia. Elle avait rencontré un nouveau Soulmate, doué de ses mains, cultivé de surcroît, mais il avait bientôt commencé à lui dire des choses comme « Oh je ne sais pas où on va » ou « j'ai pas l'impression que ça prend entre nous ». Bah, laisse tomber, dit Claudia, un jour viendra où tu seras contente de ne pas être le pantin de ses ficelles. Björn nota dans le livre de bord : joie grue grande faucheuse. Ils virent un film sur une femme dans une maison. Tout est à toi, lui dit son mari, mais n'ouvre pas cette porte. Elle ouvrit la porte, et tout devint noir. Le lendemain matin, elle se réveilla dans une maison. Tout est à toi, dit le mari, mais n'ouvre pas cette porte. Et ainsi de suite, jusqu'à ce qu'elle comprenne, ou qu'il n'ait plus d'autre version d'elle en réserve. Dehors, les chauves-souris voletaient dans l'air du soir, tu te rappelles, Vera, dit Alma tandis qu'elles embrassaient toutes deux l'obscurité vacillante et elles pensaient à Bela Lugosi quand il s'inclinait au-dessus de la gorge blanche de craie d'Helen Chandler dans *Dracula*, cet effroi mêlé de fascination quand, enfants, elles rêvaient déjà d'une autre existence, pour ainsi dire sans douleur mais non sans passion.

LORSQUE CAROLINE Mathilde Christensen rencontra l'intendant, le monde n'était pas indolore, mais fade. Il s'avança dans son dos jusqu'à la curiosité du Stormgade 10 comme à travers des eaux marécageuses, le pas un peu traînant comme s'il souffrait de la goutte à moins que ce ne soit la variole, et demanda si elle était perdue, mais elle n'était pas perdue, son système nerveux était atteint et elle ne voulait pas savoir pourquoi, variole, Calotte nordique, elle voulait défaire sa robe verte ; elle voulait s'unir à lui comme jumeaux *Scomber scombrus* dans l'église de la Trinité ; traverser le détroit pour prendre demeure de l'autre côté, vivre insouciants, comme ascidies sans cervelle, heureux —

— OUI, PARFOIS l'amour évolue sur un terrain inattendu, dit Alma. Incalculable, tout ce que nous voulons savoir et ne pas savoir. Et puis il y a des gens qui ne peuvent pas s'empêcher de passer la tête par la porte, de plonger les yeux dans l'abîme. Mais c'est pas moi, dit Vera, c'est la maison, et Björn, comme un nuage d'orage. Vraiment. Que veux-tu dire. Allez, c'est bon. Jens a fait du ragoût. Plusieurs jours durant Vera pensa à ce qu'on veut savoir et ne pas savoir et comment ça s'accumule en nous. Ou comment ça pourrit, dit Max Frisch, parce qu'on n'a pas su prendre ses distances avec assez d'honnêteté, en toute conscience.

POURTANT : arrive un jour où tout un chacun doit se regarder en face. Pour l'intendant cela se produisit la nuit de la Saint-Phocas, le 5 mars 1882, alors qu'il était assis à son bureau, en train d'étudier une dent de lait d'*Arctocephalus nigrescens*, autrement dit phoque. Il avait dû s'assoupir, car la table avait disparu, transformée en nappe liquide, et quelqu'un s'approcha, frappa comme pour sortir mais c'était la porte. C'était lui-même qui se tenait là debout devant lui. Il se ressemblait d'une façon confondante, mis à part ce détail que c'était une femme. Et voici qu'à sa grande terreur elle prit la parole et dit : père ?

ELLE S'APPELAIT Augusta Vilhelmina Malm. Venait de la Calotte nordique. Sa mère, une demoiselle Lindstedt, la mit au monde un jour nébuleux de l'automne 1842. Seule, puisque lui, l'aspirant intendant, avait pris la poudre d'escampette, et le scandale était un fait. Car bien sûr comme à travers les eaux d'une tourbière il s'était avancé vers la fille du pasteur, penchée sur son livre de prières dans la maison paroissiale, et lui avait dit : la demoiselle est-elle seule ? Elle avec sa robe plissée, son psautier, sa carillonnante virginité. Lui avec son doigté, ses rixdales et son phrasé, lui dit : voulez-vous me suivre par monts et par vaux ? Voulez-vous avec moi découvrir des choses dangereuses et d'autres inoffensives, vous unir à moi que nous soyons comme deux guêpes bourdonnantes, et elle de dire : oui, je le veux, je le veux, sur quoi il dit : voici mon sceau par lequel de ma signature toute personnelle je scelle entre nous deux la sainte union, bientôt, bientôt mais laissez-moi d'abord partir, oui je serai bientôt de retour… non, chassa d'un revers de main l'intendant dans son rêve, il ne voulait pas y penser. Voulait se réveiller. Mais l'intendant ne se réveillerait plus jamais. La nuit du 5 mars 1882, A. W. Malm avait rendez-vous avec la mort, « certes pas jeune, écrivit-on, mais pas si vieux qu'il n'aurait pu encore accomplir beaucoup ; enlevé à ces magnifiques collections lesquelles demeurent de son travail le témoignage éloquent, un des rares hommes de notre communauté qui se soit entièrement dévoué à la science. Lui qui osa faire *toujours plus*. »

MÊME LA BALEINE serait plus tard retirée des collections. Sur la troisième photo on la voit quitter le bâtiment. Une brèche a été pratiquée dans un mur de brique, laissant passer la tête de Carolina. Qui semble un peu hésitante. Ou bien serait-ce de l'amusement ? Est-elle satisfaite de son squelette de bois, quoiqu'il ait été fort difficile de le recouvrir, parce que l'intendant avait négligé le rétrécissement de la peau, de même qu'il ignorait sa ressemblance avec une espèce déjà existante, si bien que *Balaenoptera Carolinae* Malm serait par la suite reclassée en mâle de huit mois de la famille *Balaenoptera musculus*, ou baleine bleue ? Ne laissant plus à la postérité de l'intendant que la paternité d'une découverte assez modeste, la migration de l'œil chez l'*Hippoglossus hippoglossus*, ou flétan ? Mais l'intendant avait lui-même observé que les créatures les plus petites et les plus insignifiantes en apparence sont souvent d'un plus grand intérêt pour les hommes de science que de beaux grands animaux.

QUELLE POISSE, ce mois d'août. Le mois du Chien, dit Bertil, période détestable. Évitez siestes, impudicités, pêche en eaux stagnantes. On était envahi par les mouches. Livia téléphona de l'hôpital. Ils ignoraient ce qu'elle avait. Ça forme des boules en moi, dit-elle, mais des boules de quoi. Dans le livre de bord Björn nota : appris souffrir demoiselle chérie. Vera pensait à tout ce qui était mort dans cette maison, à quel point cela influait sur eux, les infestait comme le masque mortuaire d'Egil, jusqu'à ce qu'oncle Jacob le jette dans le canal après que tante Ada eut expliqué qu'il portait malheur, surtout au plan amoureux, et comment il gisait maintenant au fond du canal en voie de décomposition dans l'eau saumâtre, entre vélos rouillés et lamproies.

LES SŒURS DE PHAÉTON se firent peupliers sous l'effet du chagrin. Bouddha se fit arahant puis éveillé. La chrysalide se fait Argus bleu, semailles une fois dévorée, partout se voient des signes de métamorphose, de permanence, jamais. Oui, dit Alma, tout passe. Ne restent que les incantations, l'embrassade quand un jour on se lève et l'on apprend qu'il s'est passé quelque chose. On ne sait pas quoi, mais on le sent dans l'air, comme un sentiment d'absence. Quelque chose est terminé, mais est-ce un moment, un lieu ou un état, on ne sait pas. Durée du jour 15 heures et 22 minutes. Il est temps, dit Max Frisch, de ne pas seulement penser à la mort, mais d'en parler. Une hirondelle entra dans la maison, voleta à l'aveugle dans la panique, toute une histoire pour la faire sortir. Vera se demandait si la maison avait senti l'agitation de l'hirondelle, si elle l'avait fait sienne. Björn pensait que non. Pourquoi pas. Parce qu'à la maison n'appartiennent que ceux qui vivent ou sont décédés dedans.

Quelques jours plus tard leur parvint un étrange bruit depuis la pommeraie. Un cri plaintif, comme une lamentation de deuil. Ce seraient peut-être des petits d'hibou cornu, dit Bertil, à les entendre, on croit toujours que la mort est à la porte, mais ça venait de la forêt. Elle serait bientôt rasée, on n'y pouvait rien. C'est le jour de l'Assomption de la Vierge que Björn dit : est-ce qu'il n'est pas temps de s'en aller. Est-ce qu'il n'est pas temps de quitter cette maison.

AUCUN ENDROIT qui ne change pas. Le ciel s'assombrissait, on attendait une éclipse de lune, la plus grande depuis cent ans disait-on aux infos. Ils sortirent en petite troupe et regardèrent la lune rougir et disparaître dans l'ombre de la terre. *This too will pass,* dit Alma. Jens dit qu'ils devraient s'acheter un télescope. Il dit qu'on verrait la Voie lactée. Et tout d'un coup Vera se sentit reconnaissante qu'ils soient juste là, Björn et Claudia, Jens, Livia et Alma, les uns avec les autres, vivant là maintenant, même si la forêt devait être rasée, même si quelque chose était terminé dans la maison, même si Livia ne finirait peut-être pas l'année. C'est bon, dit Alma, on s'est assez gelé. Allez, on rentre.

NOTES DE L'AUTRICE

Page 24. Anicca, anicca, anicca (du mot « impermanence » en pali) est une formule récurrente dans la méditation Vipassana.

Page 27. La sentence latine *Mortui vivos docent* (« Les morts instruisent les vivants ») est fréquemment utilisée chez les médecins en relation avec la dissection.

Page 39. Pour l'expression « l'agneau de son loup », voir le poème « Remerciements » de Wisława Szymborska, dans *De la mort sans exagérer*, 1976, traduction du polonais par Piotr Kamiński, Poésie/Fayard, 1996.

Page 45. Jenny Haniver : voir la gravure sur bois publiée dans l'ouvrage de Pierre Belon *De aquatilibus*, 1553.

Page 51. « Si la terre s'effondre et le ciel par-dessus », extrait d'une inscription runique dans la paroisse de Runtuna, Sörmland : « Gunnar érigea cette pierre pour Lydbjörn, son fils. La terre s'effondrera et le ciel par-dessus. »

Page 81. « Quand un moine voit un cadavre… » : extrait du *Satipatthana sutta*, qu'on peut lire dans le recueil bouddhique *Digha Nikāya*.

NOTES DE LA TRADUCTRICE

Page 9. Traduction personnelle à partir du texte latin, vers 418-420, du chant XV des *Métamorphoses.*

Page 13. Le mot « intendant » désigne en suédois le directeur d'un département ou d'un musée.

Page 20. La Flottille bleue, physalie (*Physalia physalis*), également dite Vessie de mer ou Galère portugaise, est un organisme aquatique, soutenu en surface par un flotteur de dix à trente centimères.

Page 25. Montauk est un roman d'inspiration autobiographique de l'écrivain suisse Max Frisch (1911-1991), publié en 1976. Sous forme de journal, un écrivain vieillissant, en tournée de conférences aux États-Unis, nous relate son week-end à Montauk, station balnéaire dans l'État de New York, avec une jeune Américaine, Lynn, chargée de l'accompagner. Une relation amoureuse, adultérine, se noue entre eux.

Page 61. Le Sund (ou Öresund) est le détroit qui sépare le Danemark de la Scanie, au sud-ouest de la Suède.

Page 79. La rixdale est une ancienne monnaie d'argent en usage dans le nord et l'est de l'Europe.

Page 94. Magnus III (vers 1240-1290), dit Magnus Ladulås (Serrure de grenier) : roi de Suède de 1275 à 1290. Il fut inhumé dans l'église de Riddarholmen à Stockholm. Son tombeau a été ouvert pour des analyses en 1915, puis en 2011, mais ses restes n'ont pu être authentifiés.

***

Ce récit est librement inspiré de la vie et de l'œuvre du zoologiste August Wilhelm Malm (1821-1882), directeur du Muséum d'histoire naturelle de Göteborg, et notamment des écrits suivants : *Anvisning att konservera naturalier* (« Traité de taxidermie ») et *Malmska hvalen : Några blad om hvaldjur i allmänhet och Balaenoptera Carolinae i synnerhet* (« La Baleine de Malm : Quelques feuillets sur les cétacés en général et sur la Balaenoptera Carolinae en particulier »).

***

Merci à Erik. Merci à Anna et aux filles. À S.N. Goenka et Dhamma Sobhana.

Déjà parus chez Agullo Court

Yan Lespoux
Presqu'îles

Asja Bakić
Mars

Sigbjørn Skåden
Oiseau

Déjà parus chez Agullo Fiction

Magdaléna Platzová
Le Saut d'Aaron

Dragan Velikić
Le Cahier volé à Vinkovci

Osvalds Zebris
À l'ombre de la Butte-aux-Coqs

Astrid Monet
Soleil de cendres

Maria Galina
Autochtones
L'Organisation

Joe Meno
La Crête des damnés
Le Blues de La Harpie
Prodiges et Miracles

Viliam Klimacek
Bratislava 68, été brûlant

Bogdan Teodorescu
Le dictateur qui ne voulait pas mourir

Dmitri Lipskerov
Léonid doit mourir
L'Outil et les Papillons
Le Dernier Rêve de la raison

Jaroslav Melnik
Espace Lointain

Saad Z. Hossain
Djinn City
Bagdad, la grande évasion !

S.G. Browne
Héros secondaires
La destinée, la Mort et moi, comment j'ai conjuré le sort

Vladimir Lortchenkov
Le Dernier Amour du lieutenant Petrescu

Anna Starobinets
Refuge 3/9

Rui Zink
Le Terroriste joyeux
L'installation de la peur

Déjà parus chez Agullo Noir

Jurica Pavičić
L'Eau rouge

Arpád Soltész
Le Bal des porcs
Il était une fois dans l'Est

Valerio Varesi
La Maison du commandant
Or, Encens et Poussière
Les Mains vides
Les Ombres de Montelupo
La Pension de la via Saffi
Le Fleuve des brumes

Frédéric Paulin
La Nuit tombée sur nos âmes
La Fabrique de la terreur
Prémices de la chute
La Guerre est une ruse

Wojciech Chmielarz
Les Ombres
La Cité des rêves
La Colombienne
La Ferme aux poupées
Pyromane

Magdalena Parys
Le Magicien
188 mètres sous Berlin

Bogdan Teodorescu
Spada

Visitez notre site Internet
www.agullo-editions.com
pour découvrir les univers de nos romans,
de leurs auteurs et de
leurs traducteurs.

Retrouvez Agullo Éditions sur
Facebook, Twitter et Instagram.

Achevé d'imprimer en novembre 2021
sur les presses de l'Imprimerie CPI Bussière
à Saint-Amand-Montrond (18200)
pour le compte de Agullo Éditions.

ISSN : 2801-0817
ISBN : 978-2-38246-011-5
Dépôt légal : janvier 2022
Numéro d'impression : 2061874